Podría Ser Un Pez

por Allan Fowler

Fotografías proporcionadas por Fotos VALAN
Versión en español de Aída E. Marcuse

Asesores:
Dr. Robert L. Hillerich, Universidad
Estatal de Bowling Green, Bowling Green, Ohio

Mary Nalbandian, Directora de Ciencias de las
Escuelas Públicas de Chicago, Chicago, Illinois

CHILDRENS PRESS®

CHICAGO

Diseño de la tapa y diagramación de los libros de esta serie:
Sara Shelton

Catalogado en la Biblioteca del Congreso bajo:

Fowler, Allan
 Podría ser un pez / por Allan Fowler
  p. cm.—(Mis primeros libros de ciencia)
  Resumen: Describe las características de los peces y provee
ejemplos específicos, tales como: la raya, el barrigón,
la anguila y el hipocampo.
  ISBN 0-516-34902-3
  1. Peces—Literatura juvenil. [1. Peces] I. Título. II. Series:
Fowler, Allan. Mis primeros libros de ciencia.
 QL 617.2.F68 1990   90-2203
 597-dc20   CIP
                  AC

¿Cómo sabes que es un pez?

Si vive en el agua,

si respira a través de unas
rendijas llamadas agallas,

si usa las aletas para
moverse en el agua

y tiene el cuerpo cubierto
de escamas, es un pez.

Y...¿qué es si tiene aletas tan grandes que parecen alas? También podría ser un pez

como la raya.

Y...¿qué es si salta fuera del agua? También podría ser un pez

como el salmón.

Y...¿qué es si su cuerpo es chato en vez de redondeado? También podría ser un pez

como la platija.

Podría ser tan grande como el tiburón

o tan pequeño como
el barrigón.

Podría ser un pez, y parecer otra cosa.

La anguila es tan larga como
una serpiente.

Los bagres tienen bigotes,
como los gatos.

La cabeza del hipocampo se parece a la de un caballo.

Los que viven en el océano son llamados peces de agua salada.

Los que viven en lagos son
llamados peces de agua dulce.

Alguna gente tiene en su casa peces como el pez dorado,

o peces tropicales de vivos colores.

¿Cuáles son los peces comestibles más sabrosos?

La trucha

y el atún

y el salmón

y muchos otros,
son peces deliciosos.

Por eso la gente trata
de pescarlos.

¿Qué habrá atrapado el anzuelo de este pescador?

Podría ser un pez...
¡o un zapato viejo!

Palabras Que Conoces

agallas

escamas

aletas

bagre

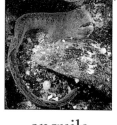

anguila

platija

pez dorado

barrigón

raya

salmón

hipocampo

tiburón

trucha

atún

Índice Alfabético

Acerca del autor:

Allan Fowler es un escritor independiente, graduado en publicidad. Nació en New York, vive en Chicago y le encanta viajar.

Fotografías:

Jeffrey L. Rotman—13, 25

Valan—Paul L. Janosi, Tapa, 4, 7, 14, 20, 23, 30 (arriba), 31 (abajo izquierda); John Cancalosi, 5; Harold V. Green, 6, 22, 31 (centro arriba); Fred Bavendam, 9, 17, 19, 30 (derecha abajo); 31 (centro izquierda y derecha); Johnny Johnson, 11, 31 (centro al centro); Ed Hawco, 15, 31 (derecha arriba); Robert C. Simpson, 18, 30, (izquierda abajo); Stephen J. Krasemann, 21; Thomas Kitchin, 24, 31 (centro abajo); Dennis W. Schmidt, 26; John Fowler, 27; Tom W. Parkin, 29

TAPA: Navajón azul